天星诗库·未来新势力

光的弹奏

GUANG DE TANZOU

孔令剑 著

山西出版传媒集团
北岳文艺出版社
·太原

图书在版编目(CIP)数据

光的弹奏 / 孔令剑著 . —太原：北岳文艺出版社，2023.6（2024.3 重印）

ISBN 978-7-5378-6742-9

Ⅰ . ①光… Ⅱ . ①孔… Ⅲ . ①诗集—中国—当代 Ⅳ . ① I227

中国国家版本馆 CIP 数据核字（2023）第 122919 号

光的弹奏

孔令剑 / 著

//

出品人
郭文礼

选题策划
王朝军

责任编辑
王朝军

书籍设计
张永文

印装监制
郭勇

出版发行：山西出版传媒集团 · 北岳文艺出版社

地址：山西省太原市并州南路 57 号　邮编：030012

电话：0351-5628696（发行部）　0351-5628688（总编室）

传真：0351-5628680

网址：http://www.bywy.com　E-mail：bywycbs@163.com

经销商：新华书店

印刷装订：山西人民印刷有限责任公司

开本：787mm × 1092mm　1/32

字数：170 千字

印张：7.625

版次：2023 年 6 月第 1 版

印次：2024 年 3 月山西第 2 次印刷

书号：ISBN 978-7-5378-6742-9

定价：58.00 元

目　录

第一辑　我们的时刻

世界之风

夜晚命运般到来
在即将的睡梦和明天之间
细碎的叶片，树的儿女
站在离别枝梢
说着尽快归来的话
另一群
轻声走过街面
晚归的人，身上光芒未散
脚步声中他听见
自己的呼吸
也是风的部分
看见一盏盏路灯
窗口之光，加强的希望之星
的确，一阵阵风

已经走过很远的路
而国槐之根也会越扎越深
多么强烈，他感到
整个世界都在这夜风中
越抱越紧，争取明天

铁管上的鸟

一只鸟，在推土机的嘶吼中
大地震颤，在一个早晨
麻雀，或斑鸠，它更是一只
其他的鸟，在自身之外
一截生锈的铁管，它站立
从泥土中伸出，像一根长笛
大地正被重建，在表皮
而它的欢快蕴藏体内，像
童年的灵魂，一声声鸣叫
把一颗颗音符抛向空气
在太阳的舞台，它蹦跳着
来到铁管的断口，低头，啄水
一滴一滴，像捡拾，又像丢弃
水的礼物，光的记忆

黄昏即景

锈色黄昏，世界记忆
天空像锅盖，露出呼气的一边
一个梦将在那里停歇，归乡人
短暂像一个小结。远山矗立，像
夜的实体，云是黑飘带，鸟雀
无声，七月会飞的标点，而星空
在低语，一颗一颗闪亮的字词
在努力，说出今夜关于黎明的孕育

窗前观雨

宋无长城可依。窗外大雨
剧烈的水晃动，在空中，仿佛
天与地合为一体，要共同建立
一个新时空，朦胧中，幽暗之光
闪现。两座高楼之间，拆除的
旧建筑无影无形，新修的停车场
数百辆汽车排列整齐，黑白，间红
按照一种秩序，无旧，也无新
曾经的旅途，烟尘和血性，此刻
已在雨水的击打中得到安宁——
风过窗冷，夏天似秋，而叶正绿
每个朝代都有好开端，雨停
太阳会出来。汽车的鸣笛一声
又一声，从街角，穿过雨的密林

在耳边，仿佛提示的加强——
新的时代就在眼前，如何辨识
这雨中的真，如何刻画，雨中万物
根深蒂固的古和今——观雨的人
内心积水已深，水泡腾起，游移
破碎——沉下去什么，就浮起什么
从天而降的雨的竖琴，却始终
弹奏不出允诺什么的语词，只有
一片含混的、深谷般的声响
在它自身的翻滚中闪着白光，隐隐
约约，仍在说宋，曾修水长城
汇集河流十九，淀泊三十，却依然
挡不住金戈铁骑，风雨飘摇守淮南

叶的说出

我眼中的美与你相同
一棵树，孤零零，在庭院
矗立起清晨全部的美景
阳光初醒，一种恩赐，从高处
微风在春夏之间，另一种
起于人世并布施于人世
年轻的叶子就在这召唤中
说出一棵树，说出土地的依赖
意义的确定。这些语词
隐藏得如此美妙，它们此刻
是一种浅绿，一些听而不闻的
声响，一树光的闪耀
在我们共同的眼睛里震颤

光的弹奏

楼下工地叮叮当当，一只铁锤
在敲打什么，一个巨大的铁箱？
有着黄昏的锈迹，黎明的水泥？
咚汪，咚汪——声音和它的回响
空旷，足以容纳即将被释放的
整个白天，它的喧嚣，或者
是一些铁管，它们的连接之处
叮——叮——年轻而尖锐，倚靠彼此
它们不断进行新的建造，力咬着力
持久而静默——偶尔，这些铁管
“哗”的一声，似乎，是一次解散
一场铁与铁，关于昨天的，争执的
共识，于是，新的一天越来越薄
仿佛透明的气球在膨胀，事物们

陆续返回眼睛的国度，开始新的构想
而心的湖泊一再退守，回到寂静
回到深渊——房间的昏暗里
梦的基调仍在持续，昨夜的梦
也是今天的梦，它将在哪里收起翅膀
落脚，展开新的行动——而劳作
不在我身上，过往也不是一片废墟
工地上的高楼已经矗立，只剩下
一个又一个细部，等待被打理，被
工巧的心照亮，展现最终的容颜
此刻，它们的存在之光，希望之光
已越过窗户的帘布，在褶皱处，显示
琴键的光斑——心的律动：
哆，来，咪，发，索，拉，西
哆，来，咪，发，索，拉，西……
一遍，又一遍，音调越来越高
它们已开始，跳跃，组合
回环，变奏——
初醒的人，又一次拿起了铁锤

夏夜，一声轰响

凌晨，七月的一天在冷却
三两个用手气挖掘长夜的人
一番劳作，出门，来到街边
杂乱之声敞开又合上
他们说着笑，笑着说，仿佛
刚才的机智和幸运，关于生活
浅藏的秘密，他们发现
交换，他们惊喜，站在夜色中
品尝昏暗和宁静就像品尝
精神和情感混合的鸦片
不远处，街角，唯一的路灯
似一个老年夜班看守
缓慢的节奏，固体的光芒
他们，在那光亮之外享受光亮

直到车门打开，关闭
“砰砰”两声，一轻一重
邀约的明天做出最后的总结
然后马达嘶叫，汽油燃烧
前照灯点亮——道路
睡梦中的枝叶，白墙，路牌
在发动机的轰响中，从两旁
纷纷涌来，披着光的衣衫
和一小片隐约金黄的天

和陌生人说话

曾和那么多陌生人说话
远远多于我所认识的
他们问询，即兴作出回答
有时语言的火苗奔突
说他们想说而没有说出的
有时，纠正，说明，仅仅重复
陌生人间一次路边的交谈
即使在一个完全陌生的地址
即使此刻空无一人
我匆匆而过，留下言语之声
空气中，陌生人的欢颜和笑语
持续震荡，如在我的心胸
和更多的陌生人说话
他们，无处不在，他们
令世界一点点变小，成熟而馨香

光谱

十月，工作的一天开始
明亮，轻快，国槐的叶子
仍在枝头震荡。持续的梦

顽固的，早高峰，汽车喇叭
红灯，绿灯，交替命令
被假期增强了的耐心，银灰色

空气中，刀刃般的凉意使人振奋
太阳烧着自己，稳步上升
光的钥匙，一遍遍反锁昨夜之门

丁字路口，匆匆笼罩人群
小便利店，手机店，药房，饭馆

以及快捷酒店，拥挤在他们身后

像拥挤在睡与醒的缝隙。仿佛
关于古老城市的梦想，他们
已取得各自的部分，因此梦想

变得更大，超过整整一个世纪
因此他们，永不停歇的全能量原子
携带绚烂光谱，正向我涌来

他者的光亮

从划船的梦中，我驶不出
梦在一片静水之湖
自在之船，薄雾中
载着不朽往事动似不动

晨曦还是傍晚，一个
没有颜色，或正着色的
黑白时刻——湖之岸
在岸之处，不近也不远

湖岸之树无叶，也无风
是无，还是看不见无
一切都是秘境，一切都是
探寻，梦之外也在梦之中

因此眼皮薄，如玻璃窗
两个世界在这里交错，并
各自走向他者的光亮
一个叫梦想，一个叫希望

我们的时刻

时钟挂在墙上，它就是那面墙
简约中，它极力隐去自身
铜环圈定的表盘，清晰证明时间
发出微光，也并不总是直线
中心，静音机芯，削弱着时间的喧嚣
略去的秒针，让它看起来更加缓慢
以至于我们常常忘记，它存在
又不存在，属于，又不属于我们
只有凝视，你才会看到此刻
刷新历史，增强未来
正像眼前这面墙，一层一层矗立
送我们到更高处生活，从大地
它属于所有人，不承担你就失去

历史的听众

一声尖叫不会持续太久
曾经的炮火，仍在远处轰响
军事理论专家激情讲述
嗓音沙哑，苦难和梦想
合为一体，仿佛这间古旧报告厅
是构筑过去的最佳场所
而阳光，正努力穿透风雨
曾多少次清洗过的窗户玻璃
想要获取得比以往更多

据说历史的听众，有两类
理解生活曾是或将是的人
而我们，文学和考古工作者
是其中的第三类：

一个奋力刻画燃烧的现实
未熄灭的过去，以及火焰上方
被梦想塑造着的空气
一个，把深埋之物归还历史
和历史本质上的未来
那将被确定的现场，多么整洁

硝烟仍在弥漫，听众们
在几乎统一的淡蓝色口罩中
显现一种被强化的
集体战斗的意志，多么神奇
在这个临时的小小国度
每个人携带各自跃动的心核
走向一片不在同一地点
却在同一方向的迷人光亮

晨曲（组诗）

新世界

醒来，昨夜
喝了多少酒，说了什么话
和谁，在哪儿，一切
恍如隔世，又尚未发生
旧事一层盖着一层
酒，加强不是遗忘，总是遗忘
诗，全部的过去
没有丝线，只有针尖
刺点空气。清晨，阳光
开始在世界一寸一寸铺张
每一次都是第一次
诗人——光的忘我的采集者

从心的行动诞生

每个人都是一座新城

天空，大地

建筑丛林，生活的平凡道路

诗人只愿他们拥有

更加内在的美

延迟的美，未来即将爆发

取回

车轮应答街道，鸟雀
争论枝梢，偶尔
飞机一阵爬升，目的地
在远方。早起的人们
清静中交谈，关于新的一天
重复，琐碎，意义非凡
更远处，一种含混的
无来源的声音，自我繁殖
席卷而来——诗人之心巨大
聆听生活，和生活对人们的渴望
此刻他尝试，用回忆召唤
昨夜之酒的剥离，一层一层

许多年，他努力
从内部不断加固着他们
使他们成为一体，真正的自我
真正的他人，反像酒
从人参、黑蚁、蛇胆与鹿血
取回自身更强大的命
和浓郁岁月

诗人们

汾河穿流而过
密集楼群，两片灰白衣衫
八座桥的盘扣合起它们
河水平静而缓慢
正像人们一贯的生活
诗人的身体里有同样的河
古老而新鲜，词语
闪烁，在河面跳着光之舞
向着一扇扇窗，和它们的目光
诗歌，既是又不是
这缓慢之河，眼前的段落
它有它的源头，上游

下游，古今和两岸。诗人们
以河为界，曾分为东西两派
争论，对饮，谁也
战胜不了谁，却喝成一样的
东倒西歪，一首首草稿
永在完成的希冀之美

蚂蚁和道路

蚂蚁缓慢，走在一条一公里长的路上
一秒钟，它走过一粒米
一秒钟，道路向前伸出它自身
蚂蚁走啊走，不论昼夜，雨雪，阴晴
不管此生，是否真的没有意义
——看起来，它的确是在向着终点
飞速倒退——急剧增长的世界
蚂蚁看起来更加渺小而无力
但它仍走啊走，不眠不休，它坚信
远大的目标就在前方，如果道路
没有尽头，它的里程
也会永无止境，即使时间
在它身上被迫停止，它还有心的无边

逻辑之树

我们应永远
为已得到的感到羞愧
如果它少，证明努力不够
它多，努力尚不匹配

祖国，无垠大地
命运的根深深扎向心土层
羞愧浇灌努力
绚丽之花才会绽放枝头

你说：这是我们正经历
一个会更好的时代的
逻辑之树——

——如果，它刚刚好

那我们就继续

沿光的道路，升起花苞

我们

兄弟，你寂寞地挖
在深深的地下，黑暗中的
光亮里，挖掘机
轰响陪伴你
释放它骄傲的黄色

再好的煤也会有非煤的异质
你挖，你清理它们

而我，一个个夜里
尝试用灯光写下漆黑的文字
写出，删除，再写
一遍一遍，直到它们
看起来稍稍有了世界的模样

（因此我们，孤独而勇敢

因此头顶，有明亮而寥廓的天）

世界的运转

暗黑的巷道，亮光闪烁
每颗灯盏里都有
一个劳作的人。他的生活
依赖大地深处
这不被旁人所见的喘息
生活永在生活之中
他一次次进入
犹如内心
他一遍遍咀嚼自己
释放原始之火
一次次梳理，那不时的愁肠
以此来奋力确保
一个世界即将的燃烧

八月花坡

来到花坡，我消失于花坡
目光移动的领地，花与草占据

我是其中一朵，一棵，是
它们的全部，名字、颜色的总和

八月，云团像羊群，正低头
吃绿的无边，我是看不见的风

是牧羊人。一个声音走得更远
山峦层叠，像登天的台阶

而太阳——无所不见的巨眼
每看它一次，它就将我归还一次

当下

空间开始又一次切断
时间。朝外的，草青色
朝里的，水泥灰
事物的表面
造福我们，也危害我们
道路意味着多数
而行人，总是从少走到无
孤独的面罩中
有人焊啊焊，弧光闪耀
我们回首，往昔里那团光
渴望，额头上那团光
而我做此刻唯一能做
进入，凝望，聆听
寂静从每个角落缓缓升起

呼吸，内与外连成一体
直到身体越来越轻
如这高空落地玻璃窗般透明
我属于我所看到
以及看不到的一切，世界
因此一点点扩张，向我涌来
焊啊焊，孤独的面罩
弧光闪耀，时间消失的地方
有无边的空间

街头摄影师

抓取一个个瞬间
从我们的脸庞
身影，心的行动
一切发着光的地方

生命一直很美好，也许
我们并不总是知道

创造最高的美
世界，被镜头重新打开
我被你们抓住
我将它们尽力送还

成都集慢

一

一个人慢。一条巷子
一头窄，一头宽
那边进来，这边出去
左看右看，更慢

二

胖熊猫随身携带
夜与昼
围栏之内，尘世之外
人间快

三

昨日到草堂
今日才觉杜甫来
轻风总结
雨滴
关于香楠叶的恳谈

四

发丝，细雨
飘啊飘，却渐渐停下
仿佛在等
另一个
更慢的自己

五

晚间，和老同学吃火锅

未见的十八年

在我们之间

热气腾腾又慢慢

走过一遍

风的乐音

穿山越岭，高速公路将世界
变小，又变大，让时间
密度增加，锻造梦想的合金

唯有回乡的路迅速，仿佛记忆
倒流，穿越长长峡谷，遇到
心的悬崖，往事飞瀑，如幕布

路旁的树接续后退，同样迅捷
如猫倦卧的村庄，田野枯黄的
沉睡，不曾离去的人，两点黑鸟

都在各自的角色里，在晨光
亮银色的抚慰中，十点钟的太阳

高悬，像确信的希望在宣告

空气静止，归乡人急切穿行
形成风的乐音，恰似故土从未离去
而思乡人在别处，唱着飘摇的歌

短暂的春节假期，休止和起始
“回家，回家，看看我爸我妈”
仿佛离得越远，他们的爱越阔大

希望之名

年轻的夫妇躺着
像并排停在平静温柔的海湾
他们的小船
即将出行，他们试图
为它取下希望之名
并坚定和它一起
履行那词语美好的使命
他们知道，生活
并不总如眼前这般平静
变幻的世界
是它真正的来源
而它，也将会是世界
一个新的中心——窗外
春风轻轻吹动

大地和它的拥有

过不了多久，会将再一次

塑造它们名字

嫩绿的形象，楼群之上

月亮无声滑行

房间里，白炽灯

细线悬吊，孤零零

他们只愿小船

会一直走在某种光亮

即使它会超出他们

命的边疆

高铁一瞬

你眼中的记忆之景
你的鼻息陈旧而温情
你的嘴中空无一词
牙齿坚硬，舌头多余
列车在铁轨上高速穿过
一座座故乡，仿佛
拨弄你的耳朵，一个设置
请你确认此刻——
在万物之光的迅忽中
有你，永恒的携身之旅

樟木油画师（组诗）

一

在如画的风景中他画
自己的油画，在自己的油画里他
画如画的风景

是风景成就了他的画还是
他的画再生着风景
在一小块樟木椭圆形的清凉

二

高大的土楼，巨型碉堡
除了它自己，还像什么
是谁，限制着我们的想象
在土楼和碉堡之间画上
轻信的等号，似无目的地的铁轨

樟木画板上，年轮，线条分明
仿佛走过的岁月，一年套着一年
从来没有脱离同一个中心

三

土楼的颜色服从黄土
大地生长巨型蘑菇
天空如伞，在我们始终依赖的眼睛

（眼睛从来不欺骗，在“不”里
它变得更大，蓝色出游的天穹）

青年油画师同样坚守土地的颜色
他不停，在一块块浅棕色木板
画他从眼睛一直走到心的风景

四

他长久坐在门前，低头，调色
描画，凝视，一个静物

已完成的油画作品，加强的色彩
挂在土楼下一排低矮房屋的外墙
一块块手工纪念章，不是
描画，是风景的美丽分发

五

他不在他的风景中，不在
他的油画里，他在
但他不会，永远不会画出来——

画风景的他，一半生活的他
另一半，消融在风景的莫名中

只留下老榕微风震荡的阴影
似一把扫帚，扫着河岸到来的春天

六

我们也不在他的油画里
游客匆匆，一片身影也不会留下
画，仿如永恒，不是一个个
瞬间——变动不居，光的裂隙

被切割的黄褐色木皮，似鱼鳞
包裹椭圆画板的边界，仿佛
护送自然之美，游向生活的大海

七

百年老榕，河流，土楼

他绘画的三元素

河流，土楼，百年老榕，无人

他绘画的

四元素

八

挑选的一幅：高大的榕树
支撑天空，远山
一小块蓝色固体酒精
河水带着波浪，从那里流向我

流过金黄色土楼，唯一的门
——一切按时间的比例

年轮，依然清晰，有力
一只眼睛越来越大
永远从这画的风景，看出来

九

在如画的风景里他画
就像在云朵大梦里他做自己
小小雨水的梦

我写下这首非诗之诗
以确保同时：风景，油画
以及这些文字，和我，彻底消失

有一刻，我感到我们无所不在
整个世界的空气轻举着我们

结合

木椅不睡，老人垂暮
相互搀扶走向必须的地点

地板沉默，生命被迫
发出不应有而常有的尖叫

彻夜，一首可能的诗
寂静探索音乐，一遍遍写

万物为改变而结合
在头顶，光建造新的世界

七个秘密（组诗）

——给登登六岁生日并补充

第一个　时间变奏

登宝儿，你来看：
这是爸爸百天时候的照片
那时候，爸爸那么小
比现在的你还要小
爸爸也是从小孩儿长成大人的
一天又一天，很慢也很快
有时候，一天比两个白天
再加三个晚上还要长
有时候，一天就像你喊一声
“爸爸”——这么短

第二个　哭之美味

小时候，爸爸哭得
比登宝儿还厉害
能把太阳哭得呼呼升起来
又无声无息落下去
能把月亮哭得迷迷糊糊
一会儿就睡着啦
爸爸哭一场，就像就像
洗了一回热水澡——
眼泪“哗哗哗”，浑身都舒服
可现在，爸爸哭不出来
洗澡没有水，眼泪用完了
所以登登哭，一定省着点儿

就像你吃冰激凌

一点一点小口吃，才会更甜

——更美味

第三个　快乐子弹

很早以前，爸爸也有一挺
机关枪——玉米秆，杨树枝
酸枣刺，一下一下扎起来
想要什么样，就做成什么样儿
——“突突突”，拿着它
打小花，小草，打树上的鸟窝
和窝里飞出来的小鸟儿
蓝天上，白云飘，太阳笑哈哈
夜晚，那么多星星闪啊闪
那都是白天打下的窟窿眼儿
连刮过的风，也打
风跑多快，爸爸就能打多快

“突突突”—“突突突”

长长的小路窜起一阵阵烟

快乐的子弹永远打不完

什么也不会伤害

第四个　自我之友

以前，爸爸经常一个人玩儿
刚开始觉得无聊，连个说话的人
也没有，只能自己说给自己听
后来，爸爸找到一个小朋友
我们一起玩啊玩，就像身体和影子
不分离。后来，他就待在爸爸
心里，哪儿也不去——
他知道爸爸好多好多秘密，也和爸爸
长得特别像，就和登宝儿一样
但是有一天，小朋友突然不见了
爸爸找啊找，找了好长时间
也没找到，可现在，爸爸突然发现

爸爸心里的小朋友变成了你

用不了多久，他也会跑到你心里

第五个　害怕的力量

登宝儿怕爸爸，爸爸知道
但不说，一颗大红气球
破了个眼儿，最小最小的
咱们使劲吹起来，还会一点一点
瘪下去。装出厉害的样子
爸爸也很辛苦，就像三国游戏里
每过一关都要费更大的劲儿
等到有一天，登宝儿
不再怕爸爸，世界上也就没什么
让你害怕的事儿了，小小
地球仪上，全都是你要走过的路
你也会慢慢知道，每一个

暂时的害怕里，都有你爱的人

和他们对你最深最真的爱

第六个　学习爱

是的，登宝儿，你学会了
不害怕，也就学会了——爱
老师教你知识，不管严不严厉
你是小树苗，它们是叶子
你的同学们，不管调不调皮
是阳光，是风，是雨
空气——他们都是好天气
爱你遇到的每一个人
陌生的人，他们总是四季里的
下一季——你春天开花
夏天就结果，秋天有收获
冬天就值得耐心等待，新的一年

很快会再来——爱

你的世界就会更加可爱

你也会更强大，无所害怕

第七个　问题钥匙

世界上的秘密很多很多
现在爸爸再送你最后一个
就像那么多的房子，那么多锁
那么多的钥匙，那么多汽车
今天，登宝儿问，为什么
爸爸已经是大人了还每天看书
还说是学习——是的
登宝儿，爸爸秘密多，问题更多
它们就像汽车的发动机
能带我们到想要到的地方去
而每一次得到暂时的答案
就像不论爸爸走多久，多远

只要回来，就能打开咱们家的门

所以，登宝儿，你还有

多少问题——

摊牌

这一把牌
该怎么打

不看你的牌
我也不知道

那你——
看看吧

看了我的
你也会

那还是
不要看了

……

要不，你先
看看我的

好，我看看你的
你也看看我的

好，儿子
我们现在摊牌吧

第二辑　世界的脸庞

非知的夜（组诗）

敞开之夜

读《空虚时代》，想到曾经的青春
多么正确，花朵凋落，果实抵达
读《家国天下》，知道如今的每个人
都已走过了几千年，血液里，稳固的过去
和未来。读《内在经验》，懂得将自己

像房门一样关闭，转身走进夜的静默
可能性的深渊才会敞开。读《坛经》
仿佛看到自己曾经盲目信任的内心
善与忘我，仍是要竭力行进的彼岸
——心的世界，触动我们之物终要归来

2021 和 2022 交接的冬季，夜晚，总是

从哪里吹来冷风的窗边，墨绿色帘布
《中国大历史》以及和长城有关的书籍
垒成临时防风墙，我躺在下面，反复
阅读着它们：《无形之手》《永恒的敌人》

《坛子轶事》《沉石与火舌》《水的空白》
《长长的锚链》……它们的名字听起来
像一首首静谧的元诗，目光轻踩诗行
仿佛要一直穿过地心，然后散开，并消失
在另一个世界的空气——它们的创造者

也是自我的创造者，借助它们我要建造
自己的玻璃工厂，来到这里的人坦白一切
即使再小的光，也会被折射，无止境
而黑暗从不传播。人们牢记，石头和火焰
像曾经的少年，从淘洗后晾晒着的麦粒中

挑出细碎的杂石，一颗一颗，因丢弃而可贵
因丢弃而保持纯粹，洗净的麦粒，新磨的
面粉，自我的清香……整个过程寂静而充满
生机，仿佛诗人们的言语里，呼吸的影子
在跳舞，一片光的空无里，耳朵听见谁在召唤

续梦之夜

拿在枕边的《科学与诗》还未翻动
微醺，昏昏欲睡，大脑被乳白色
空气笼罩，窗边的寒风轻柔了许多
灯光迟钝，像承诺前无头绪的思量

事物们连成一体，镜头慢移，梦
自然来临并展开，多么顺畅啊好像
发生在明天的事，又像一路走来
不息的河流，浑浊之水泛着光亮

隐约听见自己的呼噜声，激烈
发自肺腑，醒来口舌干苦，嗓音

被再一次修正，仿佛关于时代之诗
诗人们各说各话，争论到半夜

现在他们停下来，品尝黑色啤酒
凌晨一点，头脑异常，干净得像个新房
往里面搬什么都利落。梦中的“声音
已停止，但影像还在转啊转”，不前进

漆黑的房间再次被台灯的沉默点亮
继续读希尼《消失的岛屿》，1966 至 1987
多么好的半部诗集，那个时期我酝酿
并来到这个世界，初入学校，还未熟悉

紧闭的铁门，上课铃声，紧张混合兴奋
矿石人生的良好开端。而先前坚持
读完的 1988 至 2013 卷，此刻才被告知：
自此往后，全靠热爱和耐心。他人的

人生和诗，尤其后半部分，近于实验
和严肃游戏，没有提前死去的人
禁止模仿，而我在梦里又多活了一次
那里没有否认秘史和欲望，没有使过去

和未来贬值，一切的一切，仿佛存在于
诗意的瞬间。此刻，合起书页拿起笔
记下非诗的词句，返回梦中还不算太迟
——再次醒来，生活和梦同样让人流连

饥饿之夜

无界的黑，夜张开大嘴
我正在这嘴中吞咽我自身
房间里，一盏台灯造就的中心
时间在这里有一个停顿，耳朵
嘤嘤，是自鸣，还是寂静
在发出密电，一个意识的瞬间
诞生：肉身愈小，心愈空旷
饥饿，是夜的灵魂。另一个声音
命令，似已很久，于是我命令
——起身，吃所有可吃之物：
童年小蛋糕，两个，爱情
梳打饼一盒，丽质草莓，三颗

较劲的麻花，油锅里翻滚过
伊甸园的苹果，依然在诱惑：
草莓娇羞，又一颗，香蕉
解忧，要剥皮，而绿豆糕听话
也无话可说，一个，两个——
哦，顺从的绿，撒谎的甜腻
无法弥补的饥饿的虚位
——物质丰富，却总是迟
因此需要——水：
充溢的，唤醒的水，拯救的
水，善意，母性，和命运
而不是被加热，俗世的，惯性
之水，于是从无季节的冰箱
直取矿泉水一瓶——
咕咚，咕咚，喉咙畅快，肚皮
鼓胀，满足似生命已升至天花板
咯巴，咯巴，瓶子空瘪
塑料挣扎，喘息粗重，消灭的
快感，就像这十四盏白炽灯
将客厅、餐厅的黑暗全部驱除
胜利的战场，寂静而空无
——无尽的夜，仍在奋力

用玻璃的脸庞抓住，我的身影

以及房间里尚不自知的一切

代驾之夜

兄弟，继续向前，绕着中环路
向西向北，向东，再向南
最后回到此地。你开车，我听
一曲《雁栖湖》，看远处
近处，星星点点的灯，它们
在别人的昏暗而不是自己的光亮
想心事，而我们

总是用眼睛在活，用耳朵
别人的表情和言语，只有嘴巴在破防

睡觉，的确是我们活着的部分

易碎，不可控，也更生动
就像喝酒，迷醉中奋力保持清醒
除了酒什么也不要

是的，兄弟，我们
都是时间和光亮堆起来的沙像
每一秒，都有新面孔
而只有我们的两个人，也足以支撑
今夜的剩余，我们

年龄相近，注定大多数时候
是同一个人
由同一个母亲所生，所养，所期望
我们聊天，如同一个人自言自语
又似向母亲共同的倾诉

我们所有的努力，都在为她——
贡献力量，而不只是原子的我们自己

是的，兄弟，生活不能重新来过
过去，仍在那里颤抖
就像一片不管什么树的叶子

秋风使其坠落，而春天

让它复活

多年以后，在另一个夜里

我们也许会说，曾经两个陌生的兄弟

相遇，交谈，并且沉默

你开车，走在我始终要回家的路

我陪着，想你的明天

太阳和梦想，将一同上升

缓慢之夜

一个比喻。读扎加耶夫斯基
像吃鱼，代县熬鱼，慢火，久时
秋冬之夜，公路边。饭馆冷清
但灯光明亮，孤独的吃鱼人
渐渐品尝出孤独的美味——

窗外，生活继续，重型货车
不时疾驰而过，嘶吼着
掀起阵阵尘烟，仿佛目的地
就在道路的某个端点，充满耐心
——诗歌，找到并把尖锐的鱼刺

一根根挑出去的耐心，不是
鲜美的鱼肉，一块块送到嘴边
它的企图，也不是扎你的喉咙
而是让余味持续得更久——
正如生活本身，遭遇和意义

缓慢地，扎加耶夫斯基写下诗的整体
像一座大厦。我们要更加缓慢
沿着楼梯一步一步，走进某种幽暗
然后等待，眼睛，明亮而无所不见
仿如站在更高处的天台，看人间

古往今来。吃鱼的人还在细细品味
惬意似一种自我治愈，心底仿佛在说：
孤独来的时候，孤独的人
要把自己交出去，就像交出一张白卷
问题已列出，而答案，只是问题本身

诗思之夜

没有什么能够逃离，生活的空气
污浊，清新，总会有诗歌的呼吸
没有哪一位诗人，不曾
在生活的河道漂移，从古至今
越是伟大的人，吃大海的盐，越多
越贪婪，诗歌的质地就在入海口
咸淡之水，陆地与海洋，交锋
混合，多样，但不够。生活持续
接到命令，奔赴他人的战场
喘息中，听见空旷的嗓音，从大地
湿热的深处，加剧开采的矿井
负重的人，一只脚踏在地面

坚实的信任中，另一只，才有
迈出的可能，诗歌，是那只试图
抬起的脚……还不够。诗歌
应是一双翅膀的抽象。助跑，侧身
起跳，腾空，落地……赛场上
跳高选手全过程，挥舞的两只手
持续释放纯正的诗歌：不是力
是一种隐秘，为越过一根
细细的横杆，在生活和梦想之间
更多，在街道无人的夜，诗歌
是影子的全部事业。有谁
比自己的影子更疲累，更渴望
有谁，更坚定更迷狂，比自己
更孤单更静默的原始的影子
一次次，走向下一盏街灯，沿着
某种不可计量的轨迹，影子从身前
越过头顶，移向身后，越来越长
越来越细……诗歌，是影子
放飞的整个夜空：巨大，无声
将被你所知，昏暗又明亮：某颗星
已为你，缀上永不熄灭的金纽扣

白昼之夜

三月，春天还藏在土里。嫩绿的叶子
也尚未探视，山楂树，枝条空无
疫情突然凶猛，阳光开始刺眼
街道空旷，饭菜丰盛，少了某种味道

星期六，窗帘迟迟不愿打开，褶皱处
光的琴键高悬，仿佛在一架钢琴的内部
楼下，公交车又一声“叮咚”，车门
打开，关闭，无人，驶向第二个站点

房间幽暗不明，仿佛夜与昼的混合
特制的密码空气，我和它们，梦和醒

世界和头脑，完美，融为一体
而房门紧闭，只会从内部缓缓打开

静静躺着，这房间里的千百册书籍
从地球不同的国家和语言涌来，在
古老的汉字中定居，安宁像一个村庄
要说的话，它们还远没有说完，此刻

越过词语，它们正用沉默在说，听
用几乎看不见的眼睛，仿佛白天
总是交付得过多，要一一卸载干净
窗外，声音渐次诞生，纠缠，交织

统一于风的深处，在这一百多米的半空
听起来足足有两个世纪，庞大的背景
有时我会起身，摸着黑，打开台灯
然后静静坐在桌前，就像坐在世界的

一个支点。而我——太阳忠实的仆人
热情而目盲的写作者，在这有时
窗帘会打开七分之一的房间，写下诗的
长句，用来支撑剩余六个白天的侧倾

盲人按摩师

走向我，他用纯白毛巾擦过的手
透着一丝初秋的凉意，摸着空气
方向，床沿，他让我趴下——
言语那么轻，什么也不承担：
收起小臂，双手自然，垫住额头
放松，放松，再放松——
他不问话，依序开始揉拿，背部
自上而下，力，在意中。我坦白膝盖
疼痛，尤其下楼梯。他“嗯”一声
我听见我的喘息。开始击打腰部
用空心掌，那掌心的确有一团
被修缮的声音，聚拢，成形，瞬间
散开在这诊疗室，除了白色床单上的
一小块寂静，我是看不见的人

而他用手在看，腰背，腿窝，臀部
再腰部，大腿，小腿……上上
下下，反复按揉，捏握，提拿……
探寻着变异，他不像我
看这座省际交界的南部小城，一切
崭新，自然，有序。腰椎间盘突出
没问题，可做核磁共振确认——
他说，灰铁的语气，他就是那台机器
精密，无情，有效。可是大夫说
我的风湿已经痊愈，至于膝盖
自始至终的疼，医学已无能为力
——真空，静默，要发生什么
时间逃离，白色扩张，急速，充满
整个房间又剧烈收缩，全面爆发
笑的轰炸——世界晃动，我似乎看到
盲人按摩师微仰着脸，朝向房间
不存在的某处，用一种关于世界的
整体观念，而这里以及外面的一切纷纷
抛出了自身之影，漂浮，虚幻，唯有
我的身体沉重，被一小片阴影压住
唯有这大笑，像他继续的手
在永远看不见的背部——摆弄骨头

地球胎儿

如果从这刺猬地球
从黄金色子，任意投选
随便一座城市，一栋
迫天的高楼——跳下去
而永远不会碰触僵死的地面
脑袋，双脚，或幸运之臀
如果坠落的一瞬，没有恐惧
只有欢喜，莫名的欢喜
仿佛死亡对生命的意外破译
如果耳旁的疾风没有回忆
眼睛的快速里没有声音
只有影像，并且这无声里
那么多曾经的色彩变成灰白
如果这坠落仅仅是一种

垂直的飞翔，无边无际中
人不会老去，而是一分一秒
变得更加年轻，仿佛飞驰
在时间走向童年的途中
如果这就是一种生活的永恒
前行只是为了返回某个原地
地球，是否会还原成一个胎儿
在宇宙巨大而静寂的子宫

抽屉

里面有什么，我们
一直企图往那里存放什么

这有底无盖的装置
拉出，推进，生命的全部里程

这四壁房间的小小心脏
因空无而不断活着，拥有人牛

一只简约的锥形把手
闪着金光，仿佛比它拥有的更多

更像是外部世界的庞大空气
持续碰触它时，一些秘密的现身

而那外部世界，要么无锁

要么，是一孔永远插着钥匙的锁

经验

一滴一滴，水落进白色塑料壶
低沉的鼓声，从城市
夜晚某个隐约的远处传来
慢于秒，心跳，不被水表所记录
母亲用她的经验教导我
一滴，一滴，缓慢中
替补曾被众人痛饮的烈酒

世界四题（组诗）

世界的夏日

不能使你狂奔，不能使你扎根
繁华之城，大地的禁锢之身
你没有翅膀的飞，像语词
在心与物之间，拥有一片天空
失去一片天空。夏天之树
叶片和叶片低语，同义反复
热之风吹过，白之光翻卷

被削弱的目光的顶点，太阳
仍剧烈。从早到晚，两幢高楼
你往返三次，只为抵抗间断
持续着的饥饿，其余的大多数

你安坐在暂时的办公桌前
对着屏幕开动大脑，书写事实
以及关于事实的想象和经验

它们过于沉重，有时，你站起来
活动身体可弯折的部分，目光
透过窗户，探向尽可能的远处
却总有一个界限，一次朝向
大地的回归，仿佛，各色楼宇
高高低低，以及远处的苍山
支撑不住最高处的天空，最后

你总会低头，凝视楼下那些
低趴的汽车，多少次，你觉得
自己不但像极了它们而就是
它们，熄灭大于奔跑，沉默
多于轰响，微略的变动中
道路渐渐趋于僵硬，那渴望
热情，巨大的停车场。多少次

你畅想，某个轻松愉悦的傍晚
爱人和孩子，小家庭的整体

携手走向街边任意一家烧烤摊
坐进那些塑料桌椅，或白或蓝
敞开中，体会无边的拥有
嘈杂中，感受不易觉察的温馨
和宁静，看车辆快速又悠闲

奔赴各自总有一个的地点
路灯点亮，一棵棵细柳列队
仿佛从眼前，走向隐约的童年
那里，夜空仍保有一片辉煌
一颗颗星正微微说出小心愿
多少年，它们变得越来越少
不曾消失，却被不停寻找

陌生人陆续落座，在旁边
大声说笑，喝酒，无拘无缚
仿佛生活的河流即使庸常
也从未改变波光，一路前行
刹那间，你再一次品尝到闪电
人间烟火，和它无尽的美味
看见，心里插着这根黑色铁钎

世界的时钟

一

可爱的孩子，可爱的小钟表
溪水从他们身上流过，带着欢声

幼儿园是关闭自我的小牢狱
就像在泉水之眼筑起石井

庭院里，无穷花树随风轻摆
一轮斜阳走在归家的途中

不远处，晋阳湖应时重生
正陪伴孩子们，闪动着波光

二

夜幕低垂，最后的时刻来临
接孩子的家长们紧紧盯住——

时间，仿佛从夜的后方集结而行
迅疾，无声，于是他们一次次

校正着孩子，用血液之力，呼唤
之词，规定世界也规定着自身

可爱的孩子，可爱的小钟表
发条紧了又紧，夜色愈加黑沉

三

跨越季节，现代菜蔬来到餐桌
而吃饭中的孩子更像孩子

不是口味，胃口，不是被溺爱
被哄骗，仅仅，是时间的错位

他们逃离桌椅，逃离一口稀粥
如彩色积木返回散乱的自身

多少次都似某一次。短暂的团聚
在即将结束的拖延中终于结束

四

洗去残羹，洗去油腻，不间断的水
使碗筷恢复，像什么也没有碰触

然后洗脸，刷牙，洗脚，洗洗孩子
洗洗自身，白天影子证据的残留

继续：脏衣袜，自我的包裹之物
各种玩具，成人世界的多角度模拟

直到流水停止，流水声仍在倒计时
年轻之夜，渐渐进入未知的空阔

五

窗帘拉起，世界缩小在一间卧室
木床上，复燃的时刻跃动正欢

房门开开合合，两个杯子之间
热水跑窜，上上下下，来来回回

急切与速溶奶粉相会，玻璃奶瓶
透明和刻度，晃动中浑然一体

仿真奶嘴被吮吸，憋着气，咕咚
咕咚，世界瞬间坠入一孔深洞

六

电灯——太阳而非月亮的替身
从头顶迁至床头，制造昏暗

按时到来的动画片有序播放
欢笑中，时间又一次颤动琴弦

强烈要求的睡前故事，一遍一遍
仿佛重复，正是世界无尽的秘密

最后的音乐来到枕边，灯光昏睡
音量轻巧，夜飞向夜，翅膀空无

七

可怜的孩子，可怜的小钟表
夜晚泉水流淌，响亮加深着宁静

黑暗加固空气，呼出再呼出
睡眠的事业终被众人合力完成

楼下路灯寂然，穿过帘布的缝隙
探进手来，仿佛探入明日的核心

湖水已升在高空，夏风拨动星光
世界遗弃时间，收缩进梦的空间

世界的脸庞

白色粉笔在黑色画板上疾走
线条，轮廓，两鬓，小面积填充
白发评委 G 微笑，露出牙齿
正适合粉笔白色的表达
大框眼镜，大鼻头，眉骨，眼睛
空处：额头，脸颊，温和善意
全部是黑色。双手同时，记号笔
然后衣领，领带，像踩着波浪
美人鱼——变形，艺术的幻化术
非像中剔除表象，抵达本质?

再次填充，粉笔，头顶白发

同时右手，用小罐喷上某种秘密
液体——起始的呼应，与增强

继续，双手并用，给G画上两绺
并不存在的黑胡须，中国戏曲
老生，拼贴艺术，或是幽默
夸张，在黑板上画更黑，虚无
绝望，细碎，透底……女评委S的双手
高傲，在音乐中舞动如翅膀
盘旋，利爪的致命一击
——否定之红色，半圆按钮
送达判决。女画家微微侧身，回头
羞涩一笑……同性相斥？

女评委开始表演愧疚，一次失误？
用力过猛？仿佛手已受伤，来回甩动
“NO”“NO”“NO”，泥点飞溅

左右鼓动，她不断给出绝对正确：
——COME ON，COME ON
女画家还在暗黑处涂画，双手开工
像凿壁，像偷光，在细微处

——她已走向他人的
可见而不可知
——COME ON，COME ON
异性相吸？相邻的男评委 B 随即
用行动肯定了女评委 S 的红色
否定，同时在他两颊浓密宽阔的胡须丛林
展现出只身探寻的黑色坚定

——她什么都没有
——她不画我我按“X”
哦，评委 J 无法在作品中看到自己
多么失落，遗憾，多么质朴的判断
选择，艺术是为每一个人的
所有人，如若不是，则不成立也不能
被接受，而作者，会比观者更可恨
为此，必须轻佻和不屑，就像女画家的
目中无人，于是他摁下按钮
红色的大势所趋，人心
所向——第三次否定，否定的边缘

而评委 G 难为情，仍在长久观望
像一名犹疑的历史机会主义者

心里一直默默在说：

会有的，会有的——

艺术的不可知会突然现身

在石头的某个缝隙，天空的一次突变

时代厚积中的一个转身……

虽然，他的有型容貌在女画家手中

已走向变异，甚至毁灭

但最初的情感还在隐隐牵连

——COME ON，COME ON！

——那不是艺术

她只是在认真地搞笑

——他不会的，那里面有他

女评委S依然在鼓动，这倔强的

中年女性，似乎生活欺骗她

已久，没有什么能将她拯救

自我的小小世界，她是绝对的女王

女画家继续，在黑色画板上画着黑

仿佛早已知晓命运的底色

而她要加强，探底，在暗黑中创造

真正的、绝对的光亮——
世界的本质，也许只是一幅黑白
脸庞——即使它谁也不像
却像极了所有人

在短暂的不被否定，或彻底否定
到来之前否定自身的增强又削弱中
她慢下来，又一次修正身姿
以使自己看起来不像一个匆匆
舞台的过客——丢弃表演
回到自身，她相信希望天然存在
一切仍可继续，那最初的
唯一的，脆弱的，不是联系的联系
使她坚持——取得胜利！

“当！”这最后的一声如雷电
整个演播厅瞬间昏暗
原来，评委 G 不纯粹的耐心
和纯粹的白发之间，量变一直在增大
先前女评委 S，评委 B 和 J
否定之路的三个梯级，依次攀升
现在，山顶已到，请看这人间：

众生渺小，一切皆如所见

——女画家再次微笑，唯有微笑
不能停止，她要为结束做最后的冲刺
像是努力抓住时间的一段空白
否定的声音仍在演播厅的四壁反弹
在似 G 非 G 的画像之头顶
她要画上连续的折线，更像是给予
自我的一顶王冠

然后，她倒置画板，继续反向
发出冲锋，接着，她挥洒
一把白色粉末——
一个缓慢落定的，瞬间
一个谜底揭示前的，欲盖弥彰

——评委 B 英俊的脸庞乍现！
——长久藏在不可见中的脸庞！
——暗黑中曾被倒置的脸庞！
——那被白色粉末显现的脸庞！
——被评委 G 的脸庞引导并迷惑过的
——脸庞！

全场鼎沸——
观众们鼓掌！起立！呼号！
一张张脸上洋溢惊喜之光！
他们为真相赞叹！
为杰作赞叹！
为女画家的巧思
也为自我疑惑的清除，赞叹！

“这一下，我们看起来都像个蠢货！”
评委 J 先是侧身对身后的观众
然后对着画板上评委 B 帅气的脸庞
说：“我是个普通人，你让我搞不懂
但你让我知道，艺术需要时间……”

评委 G 走上舞台，嘴巴的盲目者
扔掉语言，表达语言无法表达的
歉意——他拥抱
拍打女画家的双肩，发出恳求
安慰自己

评委 B 当即决定，收藏！必须

收藏！还有什么比这
更有意义！这被他刚刚否定的
自我一贯帅气的脸
多么令人惭愧，因此价格
必须要匹配：“很感谢你画了我
但让我惊喜的，是这惊喜到最后
才得以展现，而我们，总是过于草率！”

女评委 S 连连摇头，似乎在说：
不，不，我没有错，没有错
是她太狡猾，隐藏太深：
“她发生效果的时间太长
没有同时让更多的事情发生
我们要不断感到惊喜
为什么不直截了当
为什么要欺骗大家的眼睛
不，不，我是说，她太优秀了
是她让这个快速的世界
慢了下来……”

哦，女画家，她在听
她的脸，委屈，羞怯，谦逊

欣喜……人类所拥有的
柔软而美好的心在那里混合
泪光闪闪，她用沾了粉末
和颜料的手轻抹

评委们言犹未尽，他们摇头
自言自语，摆弄手中的评判之笔

而观众依然兴奋，站立
发光的脸在惊喜中高度统一
他们全过程观看，保持疑惑
他们纯粹，得以最终释放
在女画家和评委之间
他们似乎无限接近艺术本身

哦，这被世俗包围
却不博取的艺术
给世界一个暂时的脸庞
超越，并实现……

世界的语气

你的眼睛看不见
请我诊治，你必须听凭我
包括我的语气！

我的眼睛看不见
请你来治，你不应该尽力
包括你的语气？

此刻，医生
端坐她白色世界的语气中
说出治愈的不可能

诊室外，病人们
排着承认错误的长长队伍
为了看见，宁愿不听见

梦中的脸

那反复出现，那演变
许多事也只是一件，仅仅
是一件事中不能治愈的
一张张脸：某个号码
始终无法完成输入，某部
手机，总有某个按键失灵
似总在身边的某个人，突然
寻而不见——他或她的脸
变幻，在被确认的瞬间
——是某某，还是某某某
或是其他的全部——
被记忆捡起的人，总在梦中
现身，被生活压低的人
终于在梦中扔掉了重心

那梦，昨日的深渊

明日的湖畔，一张张脸在其中

无时间地晃动，似光的通知：

现在，此时，拿起电话

打给哪位梦中人，只问一句

——未来好吗？过去种种

意义治疗师

画家，眼科医生，我不是
一个听众，我拥有
比人类学会说话的历史
还要古老的职业

你尽情说吧，虚空
静默是迎接你的葱茏大地
应是雨水，天空的良心
正飞身找寻一棵棵草木之根

夏日小结

我们每天赶一群群鸭子
匆匆走向河水的方向
大河，小河，在哪里
一团水洼，阵雨过后的街道

赶啊赶，鸭子们不紧不慢
摇摇晃晃过完又一天
大河，小河，在哪里
一团水洼，阵雨过后的街道

它们扑扇翅膀并不起飞
它们伸着长脖子呼唤空无
大河啊，小河，在哪里
一团水洼，阵雨过后的街道

诊断

躺在结缕草中
以某种病症
被传染的地面颓芜
冬青丛，缺口
提醒着某种存在

沙子，水泥
砌到半截的矮墙
以及青砖垛
被水浇注过的痕迹
废旧箱纸片
斜挂在黑色灯柱上
两列半躺的汉字：
请勿停放

自行车，后果自负

排队做核磁的年轻人
抽着香烟，试图
从这断句品味某种独特
用来确保结尾
三个连续的感叹
不致太过剧烈

九月的天空
光亮与阴影，喧闹
与寂静
病人青年和病人单车
长久对视着
仿佛一种诊断
在自我与他人之间

历史

走进医院，我们成为病人
排队，挂号，再排队
我们接受诊断，得到一些事实
祈望被治愈，得到一些药物
用半个月甚至一生的时间
我们小心翼翼，投入到自我的矫正
而时常，我们全部的过往
得不出任何判定，大夫说：
那完全是灵魂对肉体
无端的压力，应果断放弃
而我们，病人们，从此得出致命
结论：我们是病人
也是一座医院，流动的

阵雨过后

天空再一次经受烈焰
潮湿，再一次
统领空气
街市的喧声腾起
——世界，尚未走远
又已匆匆折返
楼下，一棵棵道路之树
努力述说着绿意
再一次
从白光借来自身的影子

大风吹

今天风，真的大
仿佛要吹走这世间
所有的事实
包括我，一个比心思还重的人
包括它自己，一遍遍
说过的每一句响当当的话

我喜欢
这小小的，恍然的
略带严肃的幽默
当我被风关进这安静得
与世隔绝的房间

紧闭的玻璃窗，使我和外界

保持了恰到好处的距离
即使房间里，家具们丝毫未动
借助它们，从自我的实在中
我暂时分了个身出来

菜园的戏剧

守着它，不论世纪
有几个转折，翻地，耙土
选种，下籽，你守着
水，呼吸，凝望
在一株株苍翠植株间
生命的集体供养中
你的骨头，超越着年岁
脸，聚集太阳之光
你的冬天，在春天里酣睡

商机，夏日般到来
如在白色的绿色虚构中
挖掘机，黄色大铁鸟
喂食翻斗车

一辆接一辆，直到它
成为巨大基坑中
看不见的存在

水泥、沙子混合
螺纹钢，被绑扎
一具具空骨架
青砖，有序堆叠
日月轮转，脚步升高
——异类的，他人的栽种
曾结出赔偿款的果实

你却心慌，意乱
如间掉的幼苗
躺在烈日下，生死无措

一个月亮
也郁结的夜晚，天空
沉重如大地的棺盖
你终于支撑
不住，用骨折和疼痛
再一次碰触它

确凿的孕育生机的母体
并坚信——
病房，药物，都可抛弃
食物，水，断绝
时间在你身体
无意义前进

（不播种，不开花
不结果，不继续
——你坚信）

但你要旁观
深埋大地之身
要在高处
眺望，广阔而古老
如在它的祖辈中
（你注视
如注视大地
一个子孙的变迁）

此刻，一群群孩子
厂房，一阵阵诵读

自我的开垦

园丁的培育

晴空和蓝色的梦想

生长催促生长

你和它之间

三川河

缓缓运送着光亮

（从永恒的新生的源头

到大海

无边的歌唱）

未完成

躺在右转道上的共享单车
我打打方向，绕过去
从此，它再也没有站起来

凌晨三时，一个梦醒
神奇而美妙，已经和即将
正在暗黑的光亮中混合

白夏天，杨树叶轻声翻动
被寂寞孩子勒死的翠绿小蛇
救治它，以及所有时间

电梯

准备下楼的老人按下向上的键
她先要把电梯叫上来
上楼的年轻人，匆忙中
按出向下的键
他们所做，正与内心的意愿相反

某个瞬间，或整整一生
我们忘记自己确切是谁，要到哪里
在高楼和它喑哑的喉咙
我们会想，此生能成一部电梯
上上下下，也挺好

浴室镜

每天早上，我向它报到
呈上从昨夜救起的脸，也让自己
再一次识记，察看牙齿
说话，或大笑，它们会有多少被看到
胡子长了，在时间的路线
有两根白得刺眼，衰老的晶体
最高处，头发仍在一丝不苟
于是穿戴，走出房门
从事某个类型的人类活动
我能做的如此微小，必须更加努力
直到晚上向它做出汇报
这世界完美的一天才算结束
如果没有，也未向其他镜子临时报告
那我一定还在镜子里，至今未归

酒杯和沙漏（组诗）

一

关于木椅，来一次
加减，关于圆桌
来一场均分，关于酒
实在与虚无，一杯
对着另一杯
总能碰出小声响

二

须夜晚，白天
终究无功，要折返
夜的灰烬纷飞
醉酒的人，阳光下
藏身自己的暗影

三

从空到满，一句允诺
从满到空，一场追忆
酒杯，每一次举起
都是一次拥抱，一次
哭泣，无声
自己对着自己

四

酒杯倒满酒
酒倒满酒杯
谁，是谁的容器
喝酒的人和酒，谁
是谁的畅饮
被倾注的命运

五

总会又一次

回到自身，酒桌

和守着酒桌的人合力

完成一个隐喻

喝空的酒杯，他们的错觉

时间停顿，酒的错觉

六

一只酒杯除了像
酒杯还像什么
沙漏，用沙之子测量
酒杯，用酒之魂魄

七

喝酒的人，身体里时常
有一个黑洞，许多事物进去
再也出不来，除了
希望之光，言词之光

八

迟到——被时间
绊倒的人：工作，生活
道路，地址，以及
将要饮酒的嘴，多余的齿

九

作乐，还是浇愁
愁不灭，乐不生，它们
是死对头，一个
占了另一个的空杯
又说乐极而生愁
它们形同母子，一个空酒杯
就是一个新子宫

十

醉生的酒喝完，继续
喝梦死的酒
如此，才能生死两忘
留自己知白
守黑，在夜的底片

十一

再喝几杯，喝几杯

诗就要从黄河之水走来

从唐朝的盛世

从李白的白发

走来

十二

喝了酒的话
在酒的持续冲刷中
喝了酒的无话
在喝的
巨大坑洞中

十三

酒，语言的液体形态

喝，言语的敞开动作

十四

世界与语言
酒杯与嘴唇

十五

喝吧，喝吧
多么需要一把火
点着我们心中的小念头
窗外，看不见的
星群升在夜空

十六

酒啊，水中埋伏的火
我们也多么需要
自己被无限多的自己
埋伏，才能
一次次净面，洗心

十七

自我之火总是隐身
失魂，出逃
酒杯之上一支支香烟
喘息，燃烧

十八

于是，酒杯落下

在听见和听不见的一声声

响动里，一个又一个

奇点形成，无措的喉结

十九

比明天更近，比昨天
更远——酒
站在今夜，摇摇晃晃
一杯终于成了半杯

二十

不喝酒的人看

正喝酒的人，仿若在局外

喝酒的人看不喝酒的人

都在此局中

二十一

他们，还看见什么
头脑在构筑什么
世界，酒杯厚实的底部
一遍遍完成
明天自我的想象

二十二

时间也总在埋伏
密谋，最先的三杯五盏
醉酒的元凶，当事人
于是总结此生
的确不能太过猛烈

二十三

最先醉倒的人

和酒量无关，也和酒

无关，经济社会

最先富起来的人

和金银无关

二十四

一个夜里就赴一场酒局吧

今夜不能假设

酒，也从不兼容

二十五

总有人在最后
要喝掉几瓶冰啤酒
无非是继续
倒出尚未倒完的空

二十六

这世界空荡啊

万物拥挤

在一个个空酒瓶里

二十七

也总有人在现场
如同消失
不停说啊说，却重现于
明天，他人的笑谈

二十八

这世界拥挤啊

万物，披着词的外衣

在酒桌上方

意图种种而碰撞

二十九

喝到后半夜的酒
比喝到天亮的
酒更危险，守住秘密
比公开秘密
更危险

三十

筷子打盹，菜碟睡着
酒杯空一次
明月，从窗口进来一次
喝酒的人
远离人间一次

三十一

明月，永恒如此
它赐人黄金目光
看它的人还它，杯酒之心

三十二

两个酒杯正好等于
一个沙漏，天空之黑云
穿过万物之喉，流向
大地之腹
或者，正相反

三十三

春天的酒放在夏天喝
夏天的酒放在
冬天喝，只有秋天的酒
秋天放在心里自己喝
一杯，一片叶落

三十四

桑葚，枸杞，人参，虎骨
蝎子，蜈蚣，蛇，以及其他什么
泡进酒里就像酒
浸在回忆，和明亮的愿望里

三十五

酒，始终无法把握的此刻

在酒杯中持续动荡

三十六

而时代这坛酒，每个人

都要喝几杯，正如

人人都会从未来

分享点什么

三十七

世界大，如酒桌
五湖四海的兄弟围坐
无穷尽

三十八

世界小，如酒杯
五湖四海倒进去
只一杯

三十九

酒，伟大的观察者

发现并制造，一种变化

从一到多，从多

到无

四十

于是喝酒的人用酒杯
观察并解散
自己，一次一次
白天烧着火炉的黑

四十一

太阳解散星辰

酒，解散酒杯

夜里的事就在夜里燃烧吧

柴草无法面对白天

那把无刃铡刀

在路上

总是无力而正确，在可复制
打印，页码被标注的一天
清晨，爱人送孩子走进校园
他下车，站在没有树荫的路边
抽今天第一支急迫的烟
观察太阳，和它更新着的天空
行人、车辆匆匆，目的地
不是在某个，就是在其他地方
迎着夏日强光他们
继续行进，发动机轰响
渐渐虚构身体的强力
而坏脾气如稗草，同时生长
直到爱人下车，他独自享受音乐
通俗，多情，仿佛缺席

建立起另一种充足

音量越大，寂静的空隙

越清晰。他驾驶汽车，心驾驶他

但他的心跟随眼睛

敞开在街上：运动与静止

秩序与凌乱，在没有自我的个体中

世界的整体不断裂变

除了找回，无人能使其复原

如果道路总是前进

而地点，永不在时间之外

影子辩

被增强的这几年，我的影子
有没有变，跟在匆匆身后
它有没有掉队，偷懒，玩自己的
小趣味。变得更黑，更深
还是不那么纯粹。几根
白头发闪现，在被看见的瞬间
变得更轻，还是更重
漂在经验的水上，还是依然
用生命之锤不停锤打
生命本身，它顺从
像一台双面打印机。它跑出去
次数越来越少，还是越多
更加孤单，还是又一次找到同伴
成为浩荡之夜的一员

它暗示，提醒，指责过吗
还是以忙碌之名，我装作听不见
念头，的确不少，能做
并做到的却没有成比例增加
是要渐渐退缩，到一个老人的
身体里吗——
它变得更沉默，似乎真正掌握了
沉默在语言中的力量
也更健谈，即使言语只是行动
微弱的一种，而且常常沦为空洞
两者之间，它似乎在寻找
一种平衡，一种确证
在面对我所认领的新的征程

短笛

杀死它——

念头劈开天空

勒死它——

铁丝绕向脖颈

——咬牙，憋气

手因力气用尽而挣扎

——鸟叫，虫鸣

死亡的寂静将它们汇聚

白杨之头在夏日亮光中晃动

许多年，不叶落，不止息

小青蛇因为死，不再死

仿如一支时时吹奏的短笛

地点的风筝

但是，总要迫切着离开
仿佛命运在前方，发来急电
那些迎我回乡的树依然
守在路的两边，长长的路
似细细长长的大力马线
在大地，放飞一只只风筝的
地点。地点里，有一些
老人，一些孩子，消失的炊烟
在我们曾共同渴望的天空
这里，那里，在更高处
连成一片。因此我终究要归来
长久而不再离去，像
一条老狗，守着门的开合
槐叶的一生，在土地的表面

树的边界，一往一还
但年迈的爸爸妈妈，是否
仍会守在我们身边，时间之路
总有一些相遇，一些别离
从“不信”变成“确信”

迷宫二题

迷宫

未走过的路都是迷宫
地下车库的其他区域
动作重复：右拐，左拐，掉头
指示牌在误导，总体方向
在前进，寻找唯一出口

街道的空旷迎面走来
新绿用枝梢轻拭车窗
春天，被缓慢看见
封控区域，一个接一个
世界失明，在缩小中被放大

空气更轻，没有生命光顾
被托举着的整个地球
公转，自转，日子却不嬗变
口罩成为正确的呼吸机
保持生活，和它有意义的存在

一些人忙碌，一些人等待
突然间，人和人变得异常亲切
世界的基本理念持续增强：
所需多么有限，已有皆是浮华
我们即是迷宫，走过才能廓清

看见和看不见的

开车像驾船，体内的水
在晃动。日子区域内静默
因此尘土，返回地面已久

发动机轰响，多么热烈
一首低沉含混的汽油之歌
燃烧，燃烧，前进——

街道，因目的地减少成一个
而异常有力，因无人
随心走过，而茫然失措

超市里，陌生的人们亲人般
交谈：疫情，明天——
诱人的水果西红柿来到眼前

食客

河，一种渴望
远大的虚拟，我们
似鸭子
扑扇着翅膀日日飞奔
却不前进
我们，在我们身后
看起来更像
一个个不称职的食客

阳光的纠正

阳光用窗口持续夺取
一盆鹤望兰的自然倾向

碧绿中，它茎叶斜探
对世界的外部充满渴望

窗口深处，一种相对
昏暗，从后方恒久推动着

此刻，它完全转过了脸
阳光奋力纠正它的片面

现代自救

一

劳作停息，疲倦涌来
空空的身体无边无际
破旧扶手椅，小韩师傅
半躺，左手拿手机
右手随时——
看呀刷呀，上滑下拉

老练，像制作三角饼
一个又一个，还要纯熟
仿佛这边面还在揉
那边滚烫的饼子
正被客人买走，手里揉的

已是另一团

恍惚，仿佛时光抛下他
蹦跳着独自远去
宛若饼子，在一种程序中
自动诞生

而他，被扔到世界边缘
这仿佛的世界——
看呀刷呀，上滑下拉

二

铃声响起，父亲
从家乡的夜里打来电话
乡土之味，田野之风
缓缓说
弟弟无从操办的婚事

他起身，店铺门口踱步
四处昏暗，灯光闪亮

星星点点在空中连成一片
更高处，阴云移动
快速，像一场紧急奔赴

“还是要再想想办法……”
父亲说，无望的又一次总结
阴云和沉默，相互加强
直到爆裂一个瞬间——
父亲，老了，闪电般

炉火中一个饼，孤零零
翻过来，转过去，烤
里外已焦黑，却仍未完成
看呀刷呀，上滑下拉

三

他抑郁，困在小小屏幕
一块死地，空无
什么也不生产，除了它自身
除了烦厌，和愤恨

夜持续，因无人
再需要他手艺的美味
而更加空旷，单调
看呀刷呀，上滑下拉
我们的劳动，他人的需要

四

手机注册，一个新身份
折叠自行车，二手
就可以——
他随即，接下今夜
第一个订单

奔赴，到达
汽车发动，出发——

左拐，右转，城市的街路
一条接一条敞开，欢欣
而温暖，他仿佛重回人间

车灯，总能把不远的前方照亮

五

一次完成，迫不及待
他掏出鼓囊囊
一个塑料袋，一边
双手奉上，一边羞怯解释：

“出门前刚打的饼子
请你和家人们尝尝……”

客人惊喜，一再送回谢意
饼子，依然温热
散发烘烤的面香，被啃咬的
渴望——

随即告别，而他将继续
宽阔夜里，一条条道路之线
尽情编织新的领地
——生活，终点打开新起点

第三辑　部分的部分

回忆之笔

一定，一定是用回忆之笔描摹
用回忆之光，缓缓铺开一条来路
一条通向未来而并不遥远的归途
永恒的色彩闪耀，那宽恕一切的记忆
仿佛太阳抛向湖面的一匹彩色绸缎
水，时间与光最好的落脚
水，这水里有山川、草木，有天空
白云的欢喜与忧伤，轻荡
不能说一切皆是幻象，不能说波纹
不能说言语就是那场来来去去的空
而你，可怜的肉身就在这水中
发着一点光，向着一点亮

部分的部分

身体是灵魂的一部分，这很确切
身体是灵魂的一座草房子，灵魂出去
又回来，总要回来，到这草木中
几株狼尾草伸着脖颈，它们
是旷野的一部分，它们的颤抖
是秋风的一部分。毫无疑问
无论多么辽阔和剧烈，这秋风
那旷野，都会是你的一部分
你——大千世界的幻象
总是在过去和未来之间往还
不知所终。似乎，更确切的表述
是必须说灵魂，也是身体的一部分
旷野，是狼尾草的一部分，秋风
是颤抖的一部分。而世界也只是你
一个深刻而不经意的动机

世界六题（组诗）

世界情感

我爱这路旁不知名的野草，我爱
它枯而又生的新绿，我爱它同时
拥有一个冬季的允诺，一个春天的默许
我爱它叶枝间的即将，一颗晨露
——人间之水，大地的球形。我爱
它所护送的道路，这道路所不能到达的
无人之境，我注定在那里消失于无我
在群草的迎接，乱石的明证，在空谷
之风，弱溪之流——我们都是时间之身
在太阳之光的澄明。我更爱这人世
——道路连接的每一座城市和村庄，我爱
它们的喧嚣，烟火之声，建筑之语

这路上走过的每一个人，我爱
我们在我们所在——境遇之所，行动之梦
每一条道路都怀有世界的一种模型
我爱这无畏之爱，她赐我一片天空：
白昼，赋我如流云；夜晚，嘱我似星辰

世界梦想

拥有一片天空，在人群和建筑之上
上午十点的晴朗时刻，鸽群飞过
每一只都有一个新的世纪。在另一些
时间之光，星辰注目，灯火呼应
宁静的大地之夜，每一个人都准备
在梦中，烧一些过往，得几点光亮

拥有一片天空，在阳光的照拂之下
看到的皆是所是，想到的将成所成
即使在最窄的一道阴影，也有一棵树
完整的形象，也有信任和包容，就像
叶子信任树，树信任大地，就像春风

与秋风，包容每一片叶子的自言和自语

拥有一片天空，在旅途的千米高空
所有事物都变得缓慢，所有人都回到
肉身，不变小也不增大，所有的心
都各有其形，舷窗外一朵朵白云
即使不停变幻，也柔软如初，即使
走得再远，一低头，就回到烟火人间

世界的镜子

出门前，她在镜子前再一次察看自己
昨日的应对，补水霜，润肤露和口红

行进途中，他从后视镜中反复观望
道路之向，在前方也在被紧紧跟随的后方

一个孩子，在商场，两扇被打开的试衣镜
夹角里，竟有六个之多的自己两两对视

世界的爱恋

生命的事情有时太过美妙
以至于必须和人分享，才能阻止
它们无休止的上升
然而，终究要上升，偶数的天空
一群白额雁在写字：
写一个比眼睛还大的“人”
再写一个“一”，比手臂还长
像是发回人间的爱情电报
于是，人们深信：
一个人总是需要另一个
总会希望，成为对方唯一的居民
他们愿意一起离开春天

跟随秋天，一路向南，即使
要飞越那生死山峦，也紧紧跟随
因为，生命的事情
有时又太过伤悲，同样需要另一个人
轻声相慰——“伊啊，伊啊，伊啊”
来来回回，在两个世界之间

世界的睡眠

睡眠是一座空炉
死后依然如此，人们
依然需要往里面扔进各种东西：
柴枝，道路，无时间的天
以及不确定的空气
为了不至于太过重负，人们
又陆续从中取出一些：
死掉的记忆，嘴巴
玩具小船，不能承担的旧识
分量与扔进去的相差无几
完全符合生前的秩序
区别仅仅在于：

睡觉时跑来跑去，而醒来
他们就会回到家中
躺在床上一动不动，因为
死过以后他们深知：
这是理解世界，和世界
和平相处的最佳方式

世界的尺度

火焰：我不羁的灵魂如何
能在流水的国度持存一种热情
上升对抗着下降，一个不变的方向

流水：无限的渴望，我如何丈量
才能开启大地的沉默之身
在花与树的枝梢，在群山之巅

大地：接受你，承载你，在我的
皮肤和毛发，我的物质之躯，如何感受
阳光，如同阳光在我身上感受自己

阳光：与空气同行，我如何
才能完成这世界的时空之旅，才能
实现此处即是此刻，此刻即是无处

空气：给我几个词，本质之词
我会把它们散播，在每一个虚空
让它们在每一个叶片上言语和震颤

声音：我消失之际，也许
才是我真的现身，在尘埃的寂静
你也许才能听到世界的意愿

空气：容纳你的言行，同时
我在你的心胸，我们相互携带
相互吞吐，就像虚与实相反相生

阳光：在我看你的时候
你看着我，一个疑团似的瞬间
正是你看不见的所见

大地：你在我这里留下足印
我在你那里埋下欲望，我成就你

你把我实现，我们彼此相安

流水：我的柔软，我的真诚
都不够渲染你一个人的形象
有限中的无限，无形中的有形

火焰：燃烧并不是永恒
你要注意察看——灰烬，那里
才有最终的色泽，最终的平和

形象

我敢保证出生那一刻
我完整无缺，我的哭声
也是如此。陆续
有人从我这里拿走：
一个嘴角——不小心漏掉的
几个词，某只眼睛——
事物飘动不羁的影子
有时，仅仅是一小截毛发
一点死去的细胞
于是我的肢体渐渐分布
如微尘，在空气中
当然，我也不停从别人那里
取回一些东西：
一段耳孔，倾听秘密的尾音

半管鼻息，要把握的一个节拍
一片儿似是而非的笑意，有时
仅仅是半个指纹
差不多就是我已经失去，和
即将失去的那些
于是，我终将会保全那一个
我想是而可能完全不是的
另一个。以便，当我决定离开
我能用微笑，换回
尽可能多的哭泣——如果有
如果需要，我会把它们
全部倒挂在树上，秋风一来
听到自己，浑身在响

爱怀疑的鸟

爱怀疑的鸟飞过夜空

隐于夜色有如隐于自身

爱怀疑的鸟不相信一盏灯的熄灭

与头顶的星星有关

黑暗中每一声轻微的响动

都来自两个隐约的实体

一切都是怀疑的起点

一切都值得再一次确信

梦幻来临，睡眠可疑

呼吸沉重，空气可疑

包括爱，在深爱中迷离

而死，在不死中加剧

爱怀疑的鸟也不信任彩色气球

在自我意志的地平线之上

被包裹的虚无仍是虚无

只在上升的贪恋中获取意义

秋日午后

从天空垂下绳索，井底
有另一片天空
以及阴云。要打捞什么
从镜中，怀念泛着潮气
在一片光亮里隐隐约约
鸟雀并不遥远
即兴一截飞翔，即兴几声鸣叫
天空，不断上升。此时
仅仅存在的此时，如我之人
打开双翼，飞——
分针与秒针交错，像一个永远
无法完成的标枪投手

被命名和命名

你被一个词命名，永远
你住在这间词中，从不离开
你探寻世界，用这希望之词
行动之词，你感受一切
这面孔之词、物质之词，你
是被河流路过的词，你在此岸
也在对岸，你有植物的姓名
也有动物的血液，奔跑与啃咬
你有开始之风的结束，有
坠落之雨的浸入，你
光之词，照亮；手之词，触摸
你是呼吸之词，冷与热，昼与夜
你的白昼是动词，夜晚
是形容，明暗无界的时刻

你是一片叶的名词，如同
生死之交，显现肉身：体内
季节之词，体外，情感之词
你一生的道路，户口本、身份证
考试答卷、申请书、保证书，各种
资格和荣誉，以及花岗岩墓碑
存在之词、虚无之词，在
时钟的刻度、时代的波涛

夜窄巷

也许有了路灯的看护，街道
才不至于走弯路，也许秋风
本无意，才能把落叶送去所归
也许一个人走着走着，突然
侧身，走进一条黑漆的窄巷
才能听到自己的脚步
和心跳，时间之线绕作一团
抽出随便哪一截都不易，今天
被昨天捆绑，而明天是最终的释放
事物们在暗中缓缓显现，仿如
一次新生，你的降临
就是要与它们重逢，在短暂的
白天的别离。而这黑暗常驻我身
作为光明之一种，那一夜

就是所有的夜，永恒的夜

在时间的表盘显示刻度

庭院里的柿子树

过去的事情并没有发生，现在
只是一团燃烧的球状黄金
柿子树的黑枝也只是丢掉了
叶子在时光里的碎语
它们都不属于过去
沉默的，坚硬的核在内部
什么也不证明
就像秋风走向冬天的途中
并不携带多余的东西

多余的话

把嘴巴扔掉，在耳朵的长廊
多余的话总有两个部分：
一个说出，一个未被
四月，鸟雀还没有开始争论
黄昏——为夜储备金子
坐在论证完毕的枝杈
星星数着自身，默念：
从昨日回到今天的人
还有多少光芒可以留存

动与静

河水流动
无法把桥带走
你站在桥上
却被流水带走

影子之一

有阳光时，你的影子
从你的身体里
跑出来，像一个小孩
没阳光时，你躲在
你的影子里，不出来
像另一个小孩

秋天之窗

当阳光在地板上打开一扇窗
秋天骑着白马越窗而来
同来的还有秋风，携带落叶
留树的沉默在大地之上
应答天空。那曾走失的温度
又一次缓缓返回身体，记忆
开始打捞愿望的马匹——
闪亮而众多的马匹
从昨日的湖泊奔腾而过
只为倾听一场雪的偈语——
盲目的雪，未完成的雪
充满善意而无限可能的雪
——虚幻的秋天之窗
仍将在日升日落的环形中

耐心等待我和你

把它轻轻打开，或关闭

吞咽

我们都是靠生命喂养的人
其他的生命，红苹果、紫葡萄
绿色菜蔬、白色米面，有时
仅仅是一些颜色，就足以支撑
全部的信念，我们尽情吞咽
在它们没有完全死亡之前
曾经奔跑、飞翔、游动，在
自在的大地、天空和海洋
我们也不时吞咽我们的同类
他，或者她，他们，你的另一面
自我意志不能到达的每一个人
也许，我们一直在吞咽我们自身
在正午的阳光，在子夜
在镜子的模拟和叶片的吹奏

无时无刻，直到一个此时——身陷
又一重世界，那吞咽的声音
是深渊，是迷幻，在耳边

领悟

我们对这人间的领悟
无非就是周末了，爬爬山
喘着气把自己一点一点抬高
仿佛一抬手，就够着了天
仿佛一喊，整个世界
就有了回应

沙事

沙子美妙，每一粒都美妙
无比，像小得不能再小的孩子
每一粒都干净，轻，淡
在阳光下微光闪烁
仿若世间最小的真，最小的善
一粒一粒，它们半睡，又半醒
躺在呆呆岛的沙滩上
一副无论古今
随遇而安的样子，走过它们
就像走过——记忆，深一脚
浅一脚，就像年轻的父亲
再一次，从童年走向大海

秋夜

孤单的人，和同样孤单的
房间，相互取暖
他们说话，用窗外的落叶
金灿灿的文字到处都是
偶尔有风走过
他们停下来
听，刚才说过的话
已踱向街的两边

诗歌的颜色

诗歌是什么颜色的，每一种颜色
都代表一种什么样的声调
每一种声调是发出还是被发出
它们走什么样的通道
从你的喉咙，还是别人的
从白天还是黑夜，它们占据黎明
还是黄昏，在爱与恨之间
它们要纠缠多久才算一个了结
它们是河岸边会思考的石头
还是被吸入又被呼出的一团空气
是永远在那里，还是无处不在
词语究竟是一个弃儿还是新生
它们是问号的排列，还是
句号的圆满，还是，只是

从你的眼睛里走出来的

那一点黑，永远无法完成的省略

不惑

走着走着，就走向一扇门
走进一座旧时的庭院
一口井，一人多深
对着它言语，听到回声
仿佛来自你的体内
抗拒之声的呼应
嗡，嗡，嗡——看不见水
看不见自己的倒影
哪怕，仅仅只是
一个虚幻的头部，一缕
可随时剪去的黑发
嗡，嗡，嗡——你觉得此刻
是一只悬着的木桶
很快，你就会成为这口井

后　记

2021 年初夏，周六，当我思虑用诗歌记录那个早醒的清晨和楼下工地的叮当，静躺，看昏暗，渐渐之渐，墙体和房顶的汇合地带，帘布褶皱构造出琴键般的光影，我尚未戴上眼镜的模糊一刹那给出了词语的启示——

光的弹奏。

是的，它就是这首诗的名字。随即的一瞬，我恍然想到，它也应是这一时期我诗歌写作的追求。

遗忘还是加强？大约 8 月中旬，在写出了一定数量的作品准备投稿《诗刊》时，我毫不犹豫把它用作了组诗的名字。而在最后的修订中，我蓦然发现，它们每一首的确都有“光”，或照耀，或闪烁，或在昏暗中隐隐约约……

细想，大约 2018 年元旦前后，初读法国诗人博纳富瓦的《杜弗的动与静》，在树才先生的《译后记补记》中，第一次清晰看到了“诗歌”和“希望”直接联系的论述。他转引博纳富瓦的话说：“今天真正的诗人”的任务是“努力去建造一种新的希望”。这一句，我标记了下划线，并把这一页折起了小角。

只是那个时候，我还在“不可测量的闪电”面前来回踱步，沉吟于“闪电”强烈而迅忽的明灭中。

直到《不可测量的闪电》出版大约两年后，“希望”才在我迟钝而持久的思索中，被确定为我所理解的诗歌的本质。“光的弹奏”的出现，似乎就是那个清晨拉开的帘布，让我看到了房间内外一片明亮。于是，从2022年元旦前后到2023年元旦，我不断新写、改写、重写，初步完成了这本集子的大部分作品。“光的弹奏”，自然而然成了诗集的名字。

诗集编辑期间，当我再一次翻看《杜弗的动与静》，在之前有折角的那一页，我惊奇地看到，树才先生紧接着对博纳富瓦“新的希望”做出了提炼，“就是一个字：光”。

这一句，我没有划线。这一句，我之前一定看过。而这一句的最后两个字，恰巧转去了下一页！

惊异。惊喜。但也更加坚定。

直到诗集的样本出来。

除了个别字词、编排顺序，张锐锋、罗向东、刘阶耳、杨铁军、张二棍等身边师友的意见，最后集中在了诗集的名字上。

他们分别给出独到的建议：“空无一词”“我们的时刻”“未完成”“爱怀疑的鸟”“希望之名”“生活的盐”“蚂蚁和道路”“得鹿梦鱼”“光的宣叙”……还有我自己重新拿来考虑的“梦想的合

金”“夜与昼”“词语跳着光之舞”“光谱”等等。

这些名字在一个多月的时间里此起彼伏，试图重新命名这个我本以为的诗作的集合。命名，的确是一种创建，也是一种挑战。

我曾先后纠结于其中的两个。一个是张锐锋老师建议的“空无一词”。我认为它明确指出了诗歌本质上对语言的超越，强调言外之意；同时，我还看中这命名中与“无”相对的，没有说出的“有”：“空无一词，唯有光”“空无一词，唯有希望”……它们可以是大家从我的诗歌中读出来的一切。

还有，就是同乡杨铁军先生在最后时刻给出的“光的宣叙”——“光的弹奏”的改良升级版。但最终仍没有选择。用铁军兄的话说，“光的弹奏”时间已久，几成事实。

现在回望三本诗集，似乎可以说，如果《阿基米德之点》几乎是在夜空建立，《不可测量的闪电》大多数时候仍在“黄昏”和“黎明”之间往还，那么《光的弹奏》应该是勇敢走向白天的尝试。

再往前想，其实早在尝试写作《声音：最初的世界》，我就同时有了随后写作《光：上升的世界》《大地：最终的世界》，构成所谓“世界”三部曲的狂想。而经过“声音”从《阿基米德之点》到《不可测量的闪电》漫长的修订之后，我似乎忘掉了“光”会在下一个阶段必然出现。

《译后记补记》中，树才先生另起一段，阐释博纳富瓦的“光”是“诗性之光，也是人性之光，智慧之光，无限之光，救赎之光”。

因此我也想到，在一直以来的诗歌写作中，自己还拥有一种幸运之光。一些老师和朋友不时的肯定和鼓励，总是让我保持了缓慢前进的勇气。他们人数众多，几乎是我认识的全部。还有那些不曾见过，却喜爱我作品的诗友们，分布在我没有去过甚至也不知晓的美好地点，正是他们“令世界一点点变小，成熟而馨香”。

诗集出版前，《北京文学》《诗刊》《扬子江》《草堂》《人民文学》《山西文学》《十月》等先后选择了其中的部分予以刊发，从很大程度上减缓了这本小诗集有时但不可避免的孤单。在此，向这些，以及之后仍会发表其中作品的刊物编辑老师致以最崇高的敬意。

感谢北岳文艺出版社，不但冒险出版了我的第一本诗集，现在，又用欢迎归来的真诚和周到专业的才智，使我的第三部作品盛装面世。

最后，我可以说：光的弹奏，空无一词，唯有诗歌之光、情谊之光、希望之光……

二〇二三　夏至